ESSAI SUR LES MOYENS

DE

FAIRE CESSER LA DÉTRESSE

DE LA FABRIQUE.

LYON. — IMPRIMERIE DE LOUIS PERRIN,

GRANDE RUE MERCIÈRE, N. 49.

ESSAI

SUR LES MOYENS DE FAIRE CESSER

LA

DÉTRESSE DE LA FABRIQUE;

PAR

E. Baune,

PROFESSEUR A L'INSTITUTION SAINT-CLAIR.

A LYON,

CHEZ A. BARON, LIBRAIRE,

RUE CLERMONT.

—

1832.

ESSAI SUR LES MOYENS

DE

FAIRE CESSER LA DÉTRESSE

DE LA FABRIQUE.

❋

Lorsque la patrie en deuil pleure sur d'effroyables calamités, le devoir de chaque citoyen est de tarir la source de ses larmes, en s'efforçant de mettre un terme aux malheurs qu'elle déplore. L'obscurité de la position sociale et la nullité de l'influence populaire ne doivent pas être des obstacles à l'accomplissement de cette obligation sacrée. Plein de cette conviction, je vais examiner rapidement les maux qui affligent l'industrie de notre cité, et indiquer, plutôt que discuter, les moyens propres à lui rendre sa splendeur et sa supériorité. J'avais communiqué ces pages à quelques-uns de mes amis avant l'horrible lutte des trois jours, et ce triste événement n'a point modifié mes opinions; seule-

ment, aujourd'hui qu'un sincère repentir a suc-
cédé à un emportement irréfléchi, et qu'on
invoque de tous les côtés la devise d'union et
d'oubli, si consolante quand on a méconnu,
même un instant, celle d'ordre public, je rap-
pellerai à l'autorité que l'explosion des masses
est le sûr indice d'un malaise supporté long-
temps avec résignation, et que l'investigation
des causes, qui ont l'émeute armée pour effet,
doit marcher de front avec les mesures prises
pour en comprimer la brûlante expansion. Au
milieu des scènes de désolation dont nous avons
été les témoins, nous avons tous apprécié un
fait qui n'a point échappé à la sagacité de l'hé-
ritier du trône et qui ne sera point perdu pour
l'histoire : c'est la modération gardée par les
ouvriers au sein de leur déplorable succès, surtout quand des passions coupables se pressaient
pour exploiter, je dirai même pour dérober
leur victoire. Cette modération nous garantit
que les institutions protectrices qui nous régis-
sent ont enfin pénétré de leur esprit la nation
tout entière. C'est grace à elles que la France a
eu le grand et unique exemple d'une population
armée, toute puissante, irritée, faisant naître
le calme et la régularité du sein du désordre et

de la confusion. Toutefois, en appelant l'indul-
gence de l'autorité sur une classe égarée, mais
laborieuse, je ne désire pas que l'on confonde
avec elle cette écume impure de la société qu'on
rencontre avec dégoût et effroi dans toutes les
dissensions civiles; car c'est à cette lie de la population qu'on doit attribuer les actes honteux
dont fut souillée la matinée qui suivit le combat.

Je tâcherai, dans cet écrit, de n'irriter aucune
passion, de n'éveiller aucune susceptibilité; je
n'ai en vue que le bien public, en demandant
ouvertement au pouvoir tout ce qu'on est en
droit d'attendre de lui, en montrant sans dé-
guisement ce que je crois être la vérité aux fabricants et aux ouvriers. Je m'estimerai heureux,
si, après avoir consulté avec soin nos économistes les plus célèbres, je peux, avec leur secours,
jeter quelques lumières sur une question importante pour la France et vitale pour notre
cité (1).

(1) Entre autres, MM. Say, Laborde, Francœur,
Dupin, Paris, et surtout M. Moreau de Jonnès, colo-
nel d'état-major, auteur de l'ouvrage intéressant,
profond et trop peu répandu, qui a pour titre : *Le
Commerce au dix-neuvième Siècle*; c'est un traité
complet sur la matière.

Les causes de la décadence rapide de nos fabriques sont multiples ; les unes tiennent à la nature même des choses, les autres peuvent être atténuées ou vaincues par le concours du gouvernement, de l'administration municipale, par les efforts mutuels des négociants et des chefs d'atelier, par les sacrifices de tous les bons citoyens. Si chacun fait son devoir, la tempête pourra être conjurée, et son ancienne gloire rendue à notre commerce, qui marche, nous sommes contraints de l'avouer, vers une catastrophe inévitable.

Les succès obtenus depuis des siècles par la ville de Lyon dans la fabrication des soiries, l'habitude des consommateurs de s'en pourvoir dans son sein, la supériorité reconnue de ses ouvriers dans les tissus délicats, le goût parfait des dessinateurs de son école, l'éclat et la durée des couleurs dont la teinture revêt ses étoffes, ont popularisé, au moins dans ses murs, cette opinion que toute concurrence élevée contre elle était impossible. Cependant l'extension du commerce, la facilité des communications, l'augmentation des puissances commerciales, et plus encore les circonstances politiques et la diffusion des lumières ont bientôt répandu dans l'Europe

la première de toutes les industries de France,
et lui ont créé une rivalité redoutable. L'Angleterre, qui nous devance ou marche notre égale
dans toutes les routes industrielles, a su non
seulement se soustraire au tribut de treize millions de francs qu'elle nous payait pour sa consommation des étoffes de soie françaises, mais
encore elle est parvenue à exporter pour la valeur de quatre millions en soiries indigènes; et
quoiqu'elle n'atteigne pas le brillant de notre
façonné, elle fait fabriquer, au moyen de ses
machines à vapeur, pour cinquante centimes,
des unis que les fabricants français ne peuvent
pas faire confectionner à moins de quatre-vingt-
cinq centimes. Le nombre de ses métiers peut,
sans exagération, être porté à soixante mille,
et elle a de plus sur nous un grand avantage:
les soies qu'elle tire exclusivement du Bengale
et d'autres provinces de l'Asie sont cotées, depuis qu'elle a imposé aux nations vaincues de
l'Inde l'éducation du mûrier, à un prix de beaucoup inférieur à celui des soies d'Espagne, de
Piémont et de Naples, qui sont, pour la matière
première, nos seuls marchés d'achat; l'Italie
s'efforce, sous l'influence autrichienne, d'échapper à notre puissance industrielle; elle aug-

mente le nombre de ses métiers à Trieste, à Milan, à Gênes, à Lucques, à Naples, à Turin. Les états du Saint-Père semblent même sortir de leur habituelle apathie; les soiries fabriquées à Bologne, à Ancône, à Pérouse, à Foligno, suffisent à la faible consommation du territoire romain. La Suisse, où l'ouvrier vit de peu, établit à Bâle, à Berne, à Zurich, une concurrence d'autant plus à craindre qu'elle est à nos portes et qu'elle nous exclut de plusieurs marchés que nous avions le privilége d'approvisionner. Les vingt-cinq mille métiers qui battent à Vienne, à Crevelt, à Eberfeld, à Cologne, à Berlin, tendent à nous éloigner des foires de Leipsik, de Francfort, et par suite de tout le nord. La Hollande se fournit en Belgique, depuis 1814, de toutes les soiries qu'elle consomme, et en dépit des services rendus par la branche aînée des Bourbons au roi catholique, une ligne de douanes hostiles n'a pas cessé d'entraver notre commerce avec l'Espagne. De plus, la perte presque totale de nos colonies, la nullité actuelle de notre commerce avec l'Afrique et l'Asie, ont diminué le chiffre de nos transactions hors d'Europe, qui a aussi été abaissé par la défaveur que nous fait subir, dans les colonies émancipées de l'Espagne et du Portugal , la politique égoïste , mais éclairée , des États-Unis et de la Grande-Bretagne. Le gouvernement redoute depuis long-temps la concurrence qui nous cerne de toutes parts ; un fait qui l'établira, c'est que, depuis la rivalité élevée par nos voisins, l'administration des douanes françaises a cru devoir protéger nos soiries manufacturées contre l'invasion des produits analogues étrangers , en frappant d'un droit de dix-sept francs chaque kilogramme d'étoffes unies. Il serait même facile de prouver que l'augmentation d'un cinquième de la façon des peluches , des taffetas , des satins, des ras, des gros, des moirés, des velours , des florences , des lévantines, qui occupent le plus de bras , et sont, pour ainsi dire , la base de la fabrication , aurait pour conséquence prochaine et forcée le chômage de tous les métiers d'unis ; car, malgré l'avilissement de la main-d'œuvre, le génie du commerce lyonnais peut à peine résister aux attaques du commerce étranger.

D'autre part, la consommation intérieure des étoffes de soie, loin d'être proportionnelle aux progrès de l'industrie, a pris , depuis huit ans, une marche rétrograde , et depuis la révolution de juillet, ce sont les manufactures lyonnaises qui ont le plus à souffrir de la fâcheuse influence que font supporter à tous les arts de luxe les bouderies des partisans de la dynastie déchue. Les hommes de cette classe, peu nombreuse, mais riche, ont fui la cour pour se retirer à la campagne. Dans leur irritation contre le gouvernement de la majorité, ils n'encouragent plus le commerce en lui confiant leurs capitaux ; ils s'imposent au besoin des privations, et augmentent le malaise qui nous mine, en restreignant encore la consommation française, déja amoindrie pa r laparalysie du commerce.

Une comparaison tirée de documents statistiques officiels, va nous démontrer de combien il s'en faut que la consommation intérieure soit en raison des besoins de nos manufactures. Le patriotisme des Anglais a élevé la leur à la somme énorme de deux cent quarante-sept millions de francs : la nôtre n'est évaluée qu'à cent millions, d'après une moyenne de dix années ; cependant notre population excède d'au moins seize millions celle de l'Écosse et de l'Angleterre proprement dite. La multiplicité des étoffes de laine pour les vêtements de femme pendant l'hiver, et l'emploi général des tissus de coton pour

les habillements d'été n'expliquent pas l'infé-
riorité de la consommation française, puisque
leur usage paraît être plus étendu encore chez
nos voisins d'outre-mer que chez nous.

Une autre raison matérielle de la souffrance
de nos fabriques s'explique par le peu de succès
de la culture du mûrier en France. Les quarante millions que nous donnons chaque année
à l'Italie et à l'Espagne pour leurs soies grèges
ou moulinées, seraient diminués des droits d'entrée, des frais de transport et des chances, en
cas de guerre, d'une augmentation de valeur
équivalente à une prohibition absolue, si, au
lieu de quatorze départements qui cultivent le
mûrier, il était naturalisé dans les cinquante-
sept départements où il peut prospérer. Le fisc
a cru protéger efficacement cette culture en frappant d'un droit, actuellement onéreux, les soies
du Piémont. L'expérience a démontré que cet
impôt était ou nuisible ou insuffisant.

Le manque de débouchés pour les produits
agricoles et pour les produits manufacturés, l'extension du commerce, qui a pris six fois plus de
développement qu'il n'en avait en 1789, la consommation intérieure et coloniale plus restreinte,
la rareté et la difficulté des communications, ne

sont pas, quoique abondantes, les seules sources
d'où découle la misère publique.

L'ignorance profonde d'une grande partie de
la population ouvrière, quelques-unes de ses
habitudes ennemies de l'ordre et de l'économie,
ses préventions contre les machines, qui seules
peuvent amener le perfectionnement de notre
industrie, le haut prix du loyer, de l'entretien,
du chauffage, des aliments, qui, dans un grand
centre d'activité, fait à la main-d'œuvre la loi
impérieuse d'obtenir un salaire élevé, la con-
centration sur un point de plus de bras que la
fabrication n'en demande, l'absence de caisses
d'épargnes et de secours mutuels établis pour
les ouvriers en soie, sont aussi des causes ma-
jeures de l'inertie prolongée de notre industrie ;
ajoutez-y l'indifférence inexplicable de l'autorité
municipale, si intéressée dans la question, celle
du pouvoir gouvernemental, qui ne s'est point
occupé, en ce qui ressort de lui, de changer un
état de choses qui dure depuis si long-temps,
l'âpreté au gain d'un petit nombre de négociants,
la parcimonie qui préside à la diffusion des connaissances industrielles, l'état retardé de notre
agriculture, enfin l'absence d'un conseil de
perfectionnement et d'une société libre d'encouragement de l'industrie lyonnaise.

Voilà les véritables et nombreuses difficultés que le gouvernement et les citoyens ont à surmonter. Il en est une autre, entièrement locale, qui est un fléau pour la classe la moins aisée des ouvriers; c'est aux chefs d'atelier à la faire disparaître. Je veux parler du compagnonage, reste des priviléges d'un régime qui n'existe plus ; aboli par nos voisins plus sages , la France saura à son tour le bannir.

Les obstacles à la prospérité du commerce des soiries sont nombreux; qu'a-t-on fait pour les vaincre? quelle digue a-t-on opposée aux maux qu'ils présageaient? aucune. Je me trompe : le préfet du Rhône a cru qu'un tarif fixant d'une manière invariable le prix des façons allait faire cesser toutes les plaintes, ranimer l'industrie, faire fleurir la cité. Que les ouvriers qui se plaignaient avec raison de leur misère , et qui ignorent, au moins en général, les principes de l'économie politique et industrielle , aient demandé la fixation irrévocable de leur salaire , on le conçoit facilement ; mais on ne s'explique pas que le premier magistrat du département ait pu croire possible et légale une mesure qui devait verser sur nous tant de calamités. Dans sa sollicitude pour une classe nombreuse et infortunée , M. Bouvier

du Molard a oublié que l'autorité ne peut , ne
doit intervenir *en aucune façon* dans le réglement des intérêts privés , qu'il n'est pas bon
de mettre des entraves ou d'imposer des conditions à l'industrie , fille de la liberté , si l'on
veut en recueillir de bons fruits. Pour tout ce
qui touche à la production nationale , la con-
signe d'un préfet, comme celle d'un ministre,
doit être : *laisser faire et laisser passer*. La concurrence et l'intérêt particulier suffisent pour
déterminer la part qui appartient à la main-d'œuvre dans la valeur des tissus que Lyon fournit à
la France et au monde. Il est d'ailleurs facile
d'établir , par un ensemble concluant de calculs
statistiques , que le salaire de la façon est toujours proportionnel aux bénéfices du commerce.
Le préfet n'a pas compris sa position : il devait,
après avoir fait connaître à la population les
causes générales du malaise qu'elle ressentait,
engager le gouvernement et les particuliers à
subvenir aux frais que le travail ne pouvait plus
couvrir. Il m'est pénible de blâmer la conduite d'un
fonctionnaire qui a racheté ses erreurs en économie politique par beaucoup de courage et de
patriotisme pendant l'interrègne des lois ; mais
comment ne pas critiquer un acte qui nous a

conduits si directement au but déplorable que nous avons atteint? Que pouvait un tarif à la misère publique? Fallait-il, si la consommation et l'exportation fussent devenues plus faibles encore, que les négociants quittassent le commerce, et dissipassent leurs capitaux, sans échapper à l'infâme banqueroute? ou bien aurait-il fallu que les ouvriers se contentassent à tout jamais du modique salaire qui avait été fixé, si des circonstances favorables et inattendues fissent relever notre noble industrie? L'immobilité du tarif et le tarif lui même étaient des coups mortels portés à la fois aux fabricants et aux ouvriers. Il fallait, je le répète, démontrer aux hommes de bons sens, nombreux dans nos ateliers, que, *dans l'état actuel des choses* et malgré le cours abaissé de la main-d'œuvre, nous ne pouvons pas lutter contre la concùrrence étrangère pour les étoffes unies et pour les nombreuses branches qui composent le façonné; qu'elles sont soumises au caprice de la mode, que la vente en est incertaine, passagère, exposée à des chances nombreuses de perte ou d'avilissement, qu'elles obligent à de fortes avances, et enfin que les capitaux employés à leur confection doivent pour les bénéfices être

mesurés sur le risque qu'on court de les perdre.
Ils eussent aisément compris ces éléments de
notre commerce, et auraient sans doute accepté
comme secours ce qu'ils ont depuis réclamé
comme une dette. Mais la grande faute du préfet, devenue plus grave par la faiblesse de quelques délégués des fabricants, est le réglement
du tarif fait en présence de six mille ouvriers (1),
sans doute paisibles, mais organisés par cente-
niers, par dizeniers, et faisant en quelque sorte
un état dans l'état. On dut prévoir que beaucoup de fabricants ne se croiraient pas liés par
une convention qu'ils disaient imposée par la
force et consentie par la peur ; et que, d'autre
part, les ouvriers regarderaient comme une charte
sacrée la concession qu'ils avaient arrachée ou
obtenue.

Ce fut ainsi que la lutte impie qui vit verser
le sang français par la main des Français, cette

(1) On a nié que le tarif eût été réglé en présence
des ouvriers. Il importe peu que cette dénégation soit
fondée : le danger n'était pas dans la station des ouvriers
sur la place de la Préfecture, il était dans leur réunion
sur un point quelconque, dans la régularité de leur
organisation, que la force publique n'avait su ni prévenir
ni réprimer.

lutte qui a jeté un crêpe funèbre et éternel sur
la seconde ville du royaume, fut un accident
horrible, mais nécessaire, de l'imprévoyance des
agents du pouvoir. Aujourd'hui que le calme
est parfaitement rétabli, les ouvriers intelligents
conviennent qu'un tarif était inexécutable, puis-
qu'il pouvait à chaque instant être violé par le
refus des uns de fournir du travail (ce qu'on ne
pouvait empêcher), et par l'adhésion des autres
de le faire au dessous du cours imprudemment
fixé. Le tarif a donc été un mal de plus ajouté
aux maux déja si nombreux qui atteignent nos
manufactures. J'en ai parlé longuement, parce
que beaucoup de personnes, même désinté-
ressées dans la question, regardent encore la
conception malheureuse du préfet comme étant
le seul remède à nos profondes blessures.

Il m'a été facile d'accumuler les causes de la
détresse de notre industrie : elles frappent nos
yeux, nous touchent, nous pressent de toutes
parts. Pour accomplir la tâche que je me suis
imposée, il faut, maintenant que j'ai montré la
source de notre misère, rechercher les moyens
de la tarir. J'examinerai avec un soin rigoureux
l'influence que peuvent exercer sur notre lan-
guissante industrie le gouvernement, la cité,

les particuliers ; je rappelerai à tous que nos manufactures de soiries créent la principale branche de notre commerce d'exportation, dont, à elles seules, elles constituent plus des deux neuvièmes (1).

Le mal matériel le plus grave naît, pour nos transactions extérieures, de l'extension du commerce, et de l'insuffisance des débouchés qui en est la conséquence. Il doit être combattu par le gouvernement, qui, en favorisant la production, s'impose la nécessité de procurer la vente de ses produits. C'est à lui de protéger le commerce national dans les marchés extérieurs, en obtenant des tarifs avantageux et des droits de tonnage meilleurs. Ainsi, notre ministre des affaires étrangères doit mettre à profit la sympathie qu'a dû faire naître notre révolution dans les états affranchis de l'Amérique méridionale, pour faire avec eux des traités de commerce qui nous mettent au niveau des nations les plus favorisées. La lenteur de l'ancien gouvernement à reconnaître leur indépendance a

(1) Encore entends-je le commerce général d'exportation ; car les soiries forment plus du tiers de l'exportation française en objets manufacturés.

permis à l'Angleterre et aux États - Unis de
nous y devancer et d'obtenir les meilleures conditions ; tandis que nos entrepôts encombrés y
restent sans aucune vente. Il faut réparer ce
tort fait à l'industrie , en l'honneur de la légiti-
mité de droit divin. Nous avons avec les républiques du nouveau continent communauté de
religion , analogie de mœurs , parenté de langage ; ces rapports doivent être entretenus avec
soin , ils deviendront profitables à nos transactions futures avec un pays peuplé de trente millions d'hommes , amis du luxe , riches et tota-
lement étrangers à l'industrie. L'écho du canon
de Navarin qui retentit encore en Grèce , nous
facilite avec cette contrée , qui manque de tout
et possède la soie , l'huile et le coton pour
moyen d'échange , des relations qui feront
refleurir le commerce lyonnais , en ouvrant tout
l'orient à ses produits industriels. Les Hellènes
ne demandent pas mieux que de se jeter dans
les bras de la France ; peuples nouveaux et ja-
loux de leur indépendance , ils se défient de la
protection intéressée de la Russie ; les maîtres
des îles Ioniennes ne leur inspirent pas plus de
sécurité; nous seuls pouvons profiter de l'influence que nos services nous ont acquise pour

partager les richesses d'un sol vierge encore. Le
courroux brutal du colosse du nord et l'astuce
polie de l'Angleterre ne doivent pas nous dé-
tourner de cet utile projet (1). La France libre
peut parler assez haut dans les cabinets de l'Europe, pour qu'on y regarde à deux fois avant de
traverser ouvertement les mesures qu'elle juge
convenables à l'affermissement de sa prospérité.

L'amitié de la Turquie reveillée par sa crainte
de l'autocrate, doit plus que jamais être cul-
tivée. Le commerce lyonnais se rappelle, avec
une tristesse mêlée d'orgueil, que les Échelles
étaient autrefois le marché le plus avantageux

(1) Il est impossible qu'on puisse se dissimuler les
vues de la Russie. Depuis Catherine II, elle cherche
avec une opiniâtre persévérance à balancer par ses
établissements et ses conquêtes au midi, l'embarras de
ses vastes et désertes possessions au nord et à l'occi-
dent. Les colonies militaires de la Crimée, les ports
d'Odessa et de Tangarok, les guerres de Perse et de
Turquie forment une série d'opérations bien combinées
marchant à un but commun. Une domination exclusive
dans la mer Noire, une haute influence dans la mer
Égée, appartiennent sans doute à ce plan. Il ne faut
pas chercher ailleurs le secret du crédit qu'avait à la
cour du czar le malheureux Capo d'Istria, et l'expli-
cation des démarches faites à la faveur de la conformité
religieuse, pour obtenir un protectorat nuisible aux

du monde pour le placement du riche façonné.
En Afrique , la possession d'Alger peut double-
ment servir à nos intérêts commerciaux : d'une
part , si son territoire est définitivement colo-
nisé et muni d'entrepôts , nous pourrons faire
avec les colons et essayer avec les peuples inté-
rieurs et littoraux , un commerce qui aura des
chances de lucre; d'autre part , les établissements agricoles et industriels que le gouvernement devra faire pour utiliser sa conquête, offri-
ront un large débouché à la population , que la
paralysie manufacturière a rendue superflue. Ce
trop plein d'existence qui demande à s'épancher,

vues de la France et de l'Angleterre. Cette dernière puissance , qui voit son autorité menacée dans l'Inde et son
commerce ébranlé à la Chine , cherche à obtenir des
Grecs les plus favorables conditions , et à étendre sa
ligne de positions maritimes dans la Méditerranée, où
Gibraltar , Malte et les îles Ioniennes la rendent déjà
trop redoutable. Heureusement l'exemple du Portugal
apprend aux Grecs qu'une alliance étroite avec la
Grande-Bretagne est funeste au commerce et à la civilisation du peuple qui la contracte. Le gouvernement
français , qui a le plus fait pour l'affranchissement de
la Grèce , s'opposera à des entreprises qui blesseraient
à la fois sa dignité politique et les intérêts du commerce.

recevrait ainsi une salutaire direction. Cette effer-
vescence nuisible dans le forum trouverait sa
place dans les durs travaux que nécessite la fon-
dation d'une importante colonie.

Des traités ou mieux des tarifs mobiles de
commerce réciproquement favorables, convenus
avec les diverses puissances italiennes permet-
traient aux produits de nos fabriques de se présenter avec confiance dans les marchés de Flo-
rence, de Venise, de Trieste, de Gênes, de
Rome, de Livourne, où ils ont été long-temps
naturalisés par l'usage et les rapports politiques
qui nous unissaient à ces riches contrées. La
haine nationale qui sépare la Belgique de la
Hollande, peut faire renouer avec ce dernier
royaume des relations d'autant plus précieuses
que les négociants d'Amsterdam sont encore
les commissionnaires de la Belgique et de quelques riches provinces de l'Afrique et de l'Asie.
Quelques discussions sur les droits de douanes
ne doivent pas, surtout, refroidir nos liaisons
avec les États-Unis d'Amérique. Leur marine
marchande peut seule, par son intelligence su-
périeure du commerce maritime, son système
de navigation de port à port, la modicité des
bénéfices dont elle se contente, faire écouler

la masse des marchandises qui, entassées dans nos magasins, semblent dépasser les besoins possibles de la consommation étrangère. Notre situation de créanciers patients de l'Espagne doit nous faire obtenir que sa trible ligne de douanes soit moins menaçante, et un sacrifice de trois cent millions pour une guerre qui a diminué de plus de moitié le commerce que nous faisions avec elle, nous met en droit de l'exiger. Une conduite franche avec la renonciation de la part du gouvernement français à quelques conditions d'un traité onéreux pour la nouvelle république, assurerait à notre commerce la vente exclusive d'un grand nombre de produits nécessaires à une nation qui semble devoir marcher à grands pas dans la carrière de la civilisation. Quant aux moyens qu'il faut employer pour conserver à nos étoffes de soie l'ancienne prépondérance dont elles jouissaient dans le nord, ils sont complexes, et doivent, pour avoir du succès, être coordonnés avec l'ensemble des mesures que je soumets à l'opinion publique. Une des plus efficaces serait sans doute l'entretien dans les pays étrangers, de nombreux agents consulaires fermes, éclairés, fidèles et prudents, qui instruiraient exactement l'état et le com-

merce de tout ce qui peut nuire à notre exportation et de tout ce qui peut l'encourager. Ils
serviraient activement toutes les industries du
royaume, mais surtout celle de Lyon, qui, sans
les secours et la vive sollicitude du gouvernement, se débattrait en vain sous la rude main
de la nécessité qui semble ordonner sa ruine.

Cependant, les fâcheux inconvénients qui ré-
sultent de la diminution de nos transactions
extérieures, ne causent pas seuls la souffrance
de nos fabriques : c'est l'abaissement successif
de la consommation intérieure qui est la véritable plaie qui les ronge. On est obligé de reconnaître avec un économiste célèbre (1) « que,
lorsque la consommation intérieure d'un pays
est de beaucoup au dessous de la production,
et qu'une vaste exportation ne vient pas guérir
la pléthore industrielle, la fortune publique re-
cule, le bonheur général diminue, et la population, en supportant les effets désastreux d'une
marche rétrograde, est cruellement surprise de
se trouver en proie à la misère au sein d'une
apparente prospérité. Telle est la situation de la

(1) M. Moreau de Jonnès : *Le Commerce au dix-
neuvième Siècle.*

France depuis la crise commerciale de 1825.
Chaque année sa consommation devient moins
forte, et les produits de sa fabrication tendent à
s'accroître. C'est donc à multiplier en France
l'usage des soiries, à en faire naître le goût et
le besoin, que l'on doit promptement s'appliquer. La cour en prenant l'initiative obtiendrait
cet heureux résultat : qu'elle adopte l'usage des
étoffes de soie pour les deuils, les uniformes
civils, les costumes de cour, les draperies,
les ameublements, les tentures, les ornements
d'église. La mode, qui chez nous est une puissance, populariserait à Paris et dans les provinces l'ameublement des Tuileries et la toi-
lette du Palais-Royal; les hommes monarchiques,
qui ne peuvent pas vivre long-temps hors de
l'atmosphère de la cour, concourraient, à leur
prochain retour, à ranimer les arts de luxe, en
imprimant une vive circulation à leurs énormes
capitaux; tout reprendrait une nouvelle vie; alors
l'administration de la liste civile n'aurait plus
besoin de recourir au palliatif insuffisant, je
n'ose pas dire mesquin, d'une commande de
six cent mille francs pour relever une industrie
qui a soif de millions. Les négociants, encouragés
par une vente fructueuse, ne négligeraient rien

pour perfectionner leurs produits et pour les va-
rier d'après le goût, les habitudes des acheteurs ;
et l'exemple de la France réagirait sur les colonies, qui exagèrent toujours l'imitation des coutumes de la mère-patrie.

Si nous pouvions par ces moyens élever la
consommation en étoffes de soie faite par chacun de nos compatriotes au chiffre atteint par
chaque consommateur anglais, nos fabriques
auraient à l'intérieur un débouché de trois cent
soixante-et-dix millions, et si à cette valeur on
additionnait la somme de nos exportations qui,
par des soins spéciaux, peuvent être portées à
cent quarante millions, la France posséderait l'industrie la plus vaste du monde, si l'on en excepte
celle des cotons anglais, qui est le plus solide ap-
pui de la prospérité commerciale de la Grande-
Bretagne.

L'approvisionnement de nos comptoirs en soies
indigènes serait sûrement un grand succès ;
mais ce n'est pas seulement en frappant les soies
étrangères d'un impôt onéreux pour la fabrique,
que l'on protégera la culture des mûriers en
France. Cette protection des douanes est dange-
reuse et négative. C'est par de fortes primes,
des récompenses royales, qu'il faut amener notre

agriculture à soutenir avec honneur la concurrence des deux péninsules. C'est en faisant des
distributions gratuites de jeunes plants du bom-
bix dans les pépinières royales et départemen-
tales , que l'on multipliera ce végétal précieux.
Bientôt l'intérêt privé le rendrait commun dans
tous les départements qui peuvent l'accueillir,
parce que son rapport fructueux n'a besoin que
d'être connu pour être recherché. Plusieurs plantes tinctoriales, telles que le sufranum (1), la ga-
rance , le pastel , la gaude et beaucoup d'autres,
seraient facilement naturalisées dans les plaines
de l'Ain , du Rhône , de l'Isère , de la Bourgogne et de la Loire ; d'autres végétaux que l'on
croit ne pouvoir prospérer que sous les tropi-
ques, pourraient , par des encouragements spéciaux, être acclimatés dans le Gard , l'Héraut ,
les Bouches-du-Rhône ; la Corse est maintenant
sur le littoral conquis de l'Océan atlantique. Les
substances végétales qui jouent un si grand
rôle dans les ateliers de teinture , seraient di-

(1) M. Durand de Saint-Just , qui compte parmi les
hautes notabilités industrielles du département de la
Loire , a fort bien réussi dans la culture du safranum ,
importé par lui dans les plaines de Saint-Rambert
(Loire).

minuées des frais d'un long transport de la valeur qu'elles acquièrent en passant par diverses
mains, des droits d'entrée qu'elles supportent,
des frais de leur séjour dans les magasins d'en-
trepôt ; ce qui permettrait aux teinturiers de
réduire le prix moyen qu'ils obtiennent des fabricants. On faciliterait ce résultat en modifiant
l'école de La Martinière , de telle sorte que les
cours fussent ouverts à un plus grand nombre
d'individus de tous les âges et de toutes les conditions. Les savants professeurs Tabareau et Rey
répandraient alors avec une généreuse profusion
les connaissances dont la pratique usuelle est
si désirable , des établissements chimiques plus
nombreux achéveraient de nous libérer des sommes que nous payons à l'étranger en échange
de certains objets naturels où manufacturés. On
suppléerait sans doute bientôt par l'extraction
des métaux et des plantes indigènes aux ma-
tières coloniales qu'emploie la teinture. Cet
art serait promptement perfectionné; ses produits
seraient d'une qualité meilleure , d'un prix moins
élevé; notre ville compterait un nouveau genre
de supériorité et arriverait à une économie de fabrication que nos rivaux seraient réduits à nous
envier , sans pouvoir y atteindre.

Par des soins analogues, l'éducation des vers
à soie, les opérations du débouillage, du fi-
lage, du décreusage, du moulinage et du dé-
graissage, dans lesquelles nous sommes inférieurs
aux étrangers, nous deviendraient familières, et
le poil, la trame et l'organsin français le dispu-
teraient avant peu à ceux de Naples et de Piémont.

La multiplicité et la facilité des communications qui dépendent de la haute administration, sont, quoique d'un effet plus général,
aussi importantes pour notre commerce, que
les mesures précédemment recommandées; mais
jusqu'à présent, c'est en vain que nos habiles ingé-
nieurs ont tâché de faire ordonnancer les fonds
qu'ils demandent pour l'achèvement de leurs
plans; nos routes se défoncent, nos canaux ne
s'achèvent pas; nous n'avons que douze lieues de
chemin de fer; ces obstacles arrêtent plus qu'on
ne croit la vente intérieure et extérieure.

En Angleterre, les routes multipliées et bien
entretenues, les canaux nombreux, un plus
grand nombre de chevaux, les chemins de fer,
les bateaux et les voitures à vapeur donnent
aux négociants les moyens de faire transporter
leurs marchandises du centre aux extrémités

du royaume avec tant d'économie et de rapidité,
que l'augmentation du prix des produits manufacturés à Londres est à peine sensible à
Glascow ou à Édimbourg, où ils arrivent en
cinquante heures, après avoir franchi un espace
de cent vingt-cinq lieues. Il est vrai que la struc-
ture géologique de l'Angleterre et sa position géo-
graphique lui donnent de grands avantages sur la
France pour un bon système de communications ; néanmoins nous sommes relativement et
absolument inférieurs à nos voisins, en cela
comme en beaucoup d'autres choses ; ce dont
il faut bien convenir, malgré toute la susceptibilité de notre amour-propre national.

La modicité du salaire des ouvriers d'unis
est la cause de toutes leurs plaintes et celle de
tous nos malheurs. On veut en vain calmer son
énergie en lui opposant les effets produits par les
obstacles qui naissent de la nature des choses ;
elle existe avec toute la puissance d'un fait. La
faim raisonne mal, elle reste sourde à l'élo-
quence, parlant même le langage de la vérité.
Il importe cependant de prouver que cette
modicité est seulement relative, et qu'elle n'est
insuffisante que par l'élévation des dépenses que
nécessite à chaque individu son séjour dans
une ville populeuse

En effet, les calculs les plus probables élèvent à cinq cent quarante-neuf francs cinquante centimes les frais de nourriture, d'entretien, de loyer, de chauffage, de lumière, faits par chaque ouvrier actif de notre cité ; les mêmes calculs assignent aux mêmes frais la somme de trois cents francs (terme moyen) pour l'ouvrier qui vivrait à une , deux ou trois lieues de Lyon. Il s'agit donc, pour mettre dans l'aisance la partie la plus souffrante de la population , d'augmenter son salaire de quatre neuvièmes, ce qui est impossible, ou de chercher les moyens de diminuer sa dépense du même chiffre. Si l'on ne peut parvenir à trouver la solution de ce problême, la différence des nombres exprimés doit inspirer aux ouvriers d'unis la résolution énergique de quitter Lyon , pour s'établir dans les villes, bourgs, hameaux, maisons isolées qui l'entourent. L'économie opérée par cette translation leur assurerait une honnête médiocrité, même avec le salaire qu'ils reçoivent. Tout nous indique qu'il faut récourir aux partis extrêmes pour conserver au moins dans le département une industrie qui depuis si long-temps est fixée dans nos murs. Les débats des chambres, les opinions de MM. Fulchiron , Jars , Dugas-Monthel prouvent que , malgré de justes

doléances, il nous faut renoncer au commerce
des soiries unies dans le nord et probablement
aussi dans le midi de l'Europe , si nous ne par-
venons pas à détruire la concurrence de la
Suisse et de l'Allemagne. Les ouvriers de Bâle et
de Zurich ont , en grand nombre , donné à nos
compatriotes l'exemple de l'émigration hors des
cités , et l'industrieuse ville de Saint-Étienne ne
se soutient avec vigueur contre la fabrication
étrangère que parce qu'elle a répandu ses ateliers jusqu'à cinq lieues de ses murailles. Je
sens que ce remède héroïque blesserait beaucoup d'intérêts privés , et qu'il faut, avant de
l'appliquer, en bien constater l'urgence. Il serait
sans doute bien préférable que l'administration
municipale , si hautement intéressée à la prospérité de nos fabriques et à l'accroissement de
la population, le rendît inutile, en trouvant dans
les économies possibles du budget ou dans un
impôt sur le luxe , la possibilité de réduire considérablement les droits sur la consommation, qui
pèsent d'un poids intolérable sur la classe la plus
malheureuse de la société. Que les nouveaux
conseils municipaux de Lyon, de La Croix-Rousse,
de La Guillotière, y réfléchissent : il ne s'agit
pas moins pour eux que de déterminer la dé-

sertion de plus d'un cinquième des habitants ,
ou d'être sans cesse menacés par des besoins
d'autant plus impérieux qu'ils sont réels et dignes d'intérêt. D'ailleurs, les sommes qu'ils seront sans doute obligés de voter pour satisfaire à
la faim de plusieurs milliers de familles, égale-
ront la différence de l'impôt actuel à l'impôt
abaissé ; et il vaut mieux donner à l'homme du
travail qui l'élève et l'honore à ses propres yeux,
que de lui jeter l'aumône qui l'avilit , restreint
l'exercice de ses nobles facultés , et le voue à
une incurable paresse. Il faudrait surtout ne
pas retarder les bienfaits que le peuple doit recevoir d'un nouvel ordre de choses devenu nécessaire : le bien promptement fait double de
valeur, et quand le temps des sacrifices est arrivé,
il vaux mieux avoir à en diriger l'emploi que de
se les laisser arracher pour qu'ils soient consom-
més sans fruit.

Je ne doute pas que la réduction de l'impôt
sur les boissons et celle de l'entrée du bétail
n'aient déja attiré la sérieuse attention de nos
magistrats , et que nous n'en jouissions dans un
temps rapproché ; mais pour que ces mesures
locales atteignent le but , il faut que le gouvernement acquiesce à la diminution de la moitié du

prix du sel , et à la suppression de la loterie ,
demandées par plusieurs de nos honorables concitoyens , dans une pétition adressée à la cham-
bre. L'abaissement des droits sur le sel soula-
gerait les habitants des grandes villes d'une
dépense journalière et considérable , et il paraît
certain que le trésor n'en serait point appauvri.
L'agriculture en consommerait une quantité plus
que double ; les prairies artificielles, trop négli-
gées en France , seraient multipliées et per-
mettraient l'éducation d'un bien plus grand nombre de bestiaux ; le plus substantiel des aliments
deviendrait économique par sa multiplication
combinée avec un moindre droit d'entrée ; et, sans
vouloir déduire beaucoup d'autres avantages ,
il est constant que nos importations de laines ,
de graisses et de cuirs , seraient diminuées de
plusieurs millions ; on pourrait même affirmer,
quoi qu'on en ait pu dire , que cette mesure
serait plus profitable au pays que le dégréve-
ment accordé à l'impôt foncier.

Nous avons tout lieu de croire que, sous un
gouvernement moral et paternel , on abolira
l'impôt funeste de la loterie , déjà flétri à toutes
les tribunes par les hommes consciencieux de
tous les partis. Les classes peu éclairées sont

plus particulièrement dupes des déceptions
grossières que leur présente cette prime d'encouragement à tous les vices : mécontentes de
leur sort, elles réitèrent les plus pénibles sacrifices, dans l'espoir de le changer tout d'un
coup. Cette lèpre de la civilisation moderne s'at-
tache aux grandes villes, surtout à celles qui
provoquent et irritent la soif du gain par la possession d'un de ces établissements immoraux.
A Lyon, par exemple, et d'après des renseignements que je crois exacts, quinze cent mille
francs sont annuellement arrachés par la loterie
aux plus indispensables besoins. C'est à raison
de cinquante francs pour chaque famille composée de cinq individus. Ce résultat d'un appel
fait par l'autorité à la passion du jeu, est
odieux; ne nous lassons donc pas de dire, après
M. Francœur, que la loterie est un des fléaux
les plus funestes qu'on ait pu imaginer : elle
porte le trouble dans les familles, favorise la
cupidité, excite au vol, produit la misère et
l'infamie, et est une offense cruelle à la morale publique. Espérons que 1832 verra suppri-
mer un impôt déja aboli en 1793 par le gouvernement acerbe de la Convention, et rétabli en
1797 par le Directoire, le plus corrompu de tous

les pouvoirs. En faisant coïncider ces diverses mesures avec une diminution importante du prix du chauffage rendue probable par l'achèvement prochain du chemin de fer de Saint-Étienne à Lyon et l'abaissement du cinquième du prix des loyers, qui sera sans doute consenti par la grande masse des propriétaires, on pourra rendre le séjour de la ville tolérable à l'ouvrier, accroître même la population, thermomètre infaillible du bonheur ou de l'infortune d'une cité, et asseoir sur des bases impérissables une opulence qui s'échappe et nous fuit après avoir fait pendant plusieurs siècles notre célébrité.

Il existe une autre série d'obstacles à notre prospérité commerciale; ces obstacles, que nous pourrions nommer moraux, doivent attirer toute l'attention des législateurs et des citoyens. La partie la plus nombreuse du corps social, celle qui paie la masse de l'impôt indirect, celle qui tient en ses mains toute la force matérielle, ignore absolument ses droits et ses devoirs. L'état, dont elle est la véritable puissance, ne fait rien pour améliorer sa situation intellectuelle. Le lien religieux ne l'enchaîne pas, la morale n'est chez elle qu'une sorte de coutume traditionelle ne produisant que des effets purement instinc-

tifs. A-t-on le droit de blâmer de ses erreurs
cette classe déshéritée pour laquelle on réclame
en vain , depuis quarante ans , le bienfait de
l'éducation ? Cependant des édifices somptueux
s'élèvent dans l'enceinte de notre cité; *panem
et circenses* semblent être devenus de nouveau
les seuls besoins des peuples : quatre millions
sont employés à reconstruire un théâtre qu'on
pouvait facilement réparer ; des prodigalités scan-
daleuses insultent à la misère publique , et pas
une école n'existe pour les ouvriers ! Que les véritables patriotes qui ont créé à Lyon l'enseignement de l'enfance , remplissent cette lacune de
l'autorité ; que tous les bons citoyens s'unissent
à eux ! n'ont-ils pas vu que leur fortune , leur
vie dépendait des masses exaspérées ou séduites !
Le temps des sacrifices est venu , offrons-en de
véritables à l'humanité. Que vingt écoles lan-
castériennes pouvant recevoir chacune cent cinquante personnes soient diligemment créées dans
la ville et dans les faubourgs ; qu'elles soient
ouvertes à des jours et à des heures convenables.
Que l'écriture , le calcul , le dessin linéaire, quelques notions de mécanique usuelle , et l'enseignement de la charte y soient professés par des
maîtres à la hauteur de la noble mission qu'ils

auraient à remplir. Qu'on ne soit pas effrayé de
la difficulté qui pourrait naître du refus ou de
l'indifférence des ouvriers : la société libre de
l'Industrie de Londres est parvenue en peu de
temps à faire participer journellement dix-huit
mille individus au bienfait de l'instruction. On
pourrait facilement, d'ailleurs, obtenir l'assiduité
de beaucoup d'élèves, en assurant du travail ,
et même en accordant des encouragements à
ceux qui se distingueraient par leur conduite et
leurs progrès. Bientôt les dépenses superflues
du premier jour de la semaine n'absorberaient
plus le faible salaire des deux journées suivantes;
le travail et l'économie succéderaient à la dé-
bauche et à l'oisiveté ; bientôt des milliers d'hommes seraient arrachés à l'indigence , à l'ignorance, peut-être au crime, qui a souvent sa source
dans une dépravation née d'une profonde misère.
Il est digne de la ville de Lyon de féconder
cette pensée que je livre avec confiance à mes
concitoyens , et à l'administration municipale ,
fruit de l'élection populaire. Pour corroborer
les résultats de cette éducation d'hommes , il
serait utile qu'un journal, d'un prix peu élevé,
et même gratuit pour les chefs d'atelier , se
chargeât de développer chaque jour, avec sim-

plicité, les hauts principes de la morale univer-
selle, et exposât clairement les principes de l'économie politique et industrielle. Les négociants
souscriraient volontiers à une feuille qui rempli-
rait ce but, et l'on trouverait sans peine des
littérateurs et des industriels qui se feraient un
devoir de fournir à l'entreprise le tribut désin-
téressé de leurs lumières. Les ouvriers revien-
draient alors de leurs préventions injustes contre
les machines; ils comprendraient tous les avantages que l'industrie peut tirer d'un meilleur
mode de fabrication; ce mot de machine ne les
effraierait plus, parce qu'ils connaîtraient les
prodiges opérés par elles à Liverpool, à Manchester, à Birmingham, à Glascow; qu'ils ap-
précieraient tout ce que nos manufactures doivent à l'ingénieuse découverte de M. Jacquard,
et que beaucoup d'exemples les auraient con-
vaincus que, bien loin de diminuer le nombre
des bras employés dans les ateliers, l'usage des
forces mécaniques les accroît et les multiplie.
L'introduction des machines qui abrégent et per-
fectionnent le travail des hommes, a été jusqu'ici
considérée par les ouvriers de tous les pays
comme une cause évidente de malaise pour eux;
d'autres personnes, placées dans une plus haute

position sociale, les considèrent aussi comme
enlevant aux pauvres les moyens de subsister.
Il importe de détruire ce préjugé, et quoique
les limites que je me suis imposées dans cet ouvrage me laissent peu d'espace, il me sera facile de prouver par quelques exemples que
l'adoption des machines a partout et constamment doublé l'emploi de la force humaine.

En 1810, dans le meilleur temps de l'activité
de l'empire, quelques mines de charbon de terre
étaient fouillées, pour ainsi dire, à leur surface
dans le territoire houiller de Saint-Étienne. Quelques centaines d'ouvriers pénétraient en rampant
dans ces réduits souterrains, d'où ils ne sortaient
que courbés sous le faix du charbon exploité
pendant la journée ; Saint-Just-sur-Loire ne
contribuait que faiblement à l'approvisionnement de Paris ; Lyon tirait exclusivement de
Rive-de-Gier la houille nécessaire à sa consommation, alors quatre fois moins forte. En 1814,
on introduisit les pompes à feu, et quelques
années après cette heureuse importation, le
nombre des ouvriers mineurs était sextuplé dans
les cantons de Saint-Étienne, de La Fouillouse
et du Chambon ; la quantité de charbon extraite
de ses carrières, trois fois plus nombreuses, était

trente fois plus considérable. Ces prodiges, si
rapidement opérés, s'accroîtront bien encore au
moyen de deux chemins de fer, bientôt terminés,
qui aboutiront l'un au Rhône, l'autre au canal
de Bourgogne. Saint-Étienne approvisionnera
alors exclusivement Marseille et Paris, et rendra
inaccessible le midi et le nord de la France à la
houille de Belgique et d'Angleterre. Ces résultats, qui rendront Saint-Étienne la rivale à la
fois de Birmingham et de Newcastle, seront dûs
aux machines à vapeur, reçues d'abord avec défaveur, et aux chemins de fer, qui sont aussi
d'ingénieuses machines de transport. La ville de
Manchester, peu importante il y a cinquante
ans, compte cent trente mille habitants aujour-
d'hui que trois cents pompes à feu représentent
la puissance de vingt-trois mille ouvriers. Glascow, qui est la ville la plus riche et la plus
peuplée de toute l'Écosse, possède des machines
à feu qui remplacent onze mille ouvriers; enfin,
et toujours par la même influence, Liverpool,
qui, il y a moins d'un siècle, n'avait pas plus de
six mille habitants, en contient aujourd'hui
cent soixante mille.

Il serait facile d'énumérer, parmi cent autres
exemples, les villes de Saint-Chamont, de Rou-

baix, d'Elbeuf, de Darnetal : toutes doivent leur
prospérité et leur population croissante à l'emploi
des forces mécaniques. Je ne veux plus articu-
ler qu'un fait, qui détruira tous les doutes et
répondra à toutes les objections : En Angleterre,
avant les ingénieuses inventions d'Arvrigth, cent
mille personnes trouvaient de l'occupation dans
les filatures de coton ; ce nombre est actuellement porté à trois cent mille, et les machines
qu'elles dirigent produisent une masse d'objets
manufacturés qui nécessiteraient, sans elles, le
concours de trente-six millions d'hommes, c'est-
à-dire, pour une seule branche de commerce,
plus que le double de la population du royaume-
uni. Si la France repoussait les machines, le
monopole de toute fabrication appartiendrait
sous peu à l'Angleterre, qui les a adoptées ;
bientôt ses produits encombreraient, malgré la
barrière des douanes, jusqu'à nos places de fabrication ; toute concurrence serait impossible,
nos ateliers deviendraient déserts, et la misère
hideuse, menaçant tous les rangs de la société,
réduirait la France à la condition des provinces
les plus reculées de l'Espagne et du Portugal.
Qu'on renonce donc à l'idée d'opposer sans machines une heureuse rivalité aux peuples voisins,

puisque les objets manufacturés obtenus par leur emploi sont, à prix égal, huit fois plus considérables que s'ils étaient fabriqués par les anciens procédés. Les économistes les plus distingués sont, à cet égard, du même avis. Écoutons M. Say, dont l'opinion sur la matière est du plus grand poids : « Quelques avantages, « dit-il, que présente définitivement l'emploi « d'une nouvelle machine pour la classe des « entrepreneurs et des ouvriers, la classe qui « en profite sûrement est celle des consomma- « teurs, et c'est toujours la classe essentielle, « parce qu'elle est la plus nombreuse, parce « qu'elle est composée de toutes les autres, et « que son bonheur constitue le bien-être géné- « ral et la prospérité du pays. » M. Paris, dans un ouvrage couronné, range parmi les axiomes les propositions suivantes : « Entre plusieurs « états égaux en population et en territoire, « celui qui produit le plus est le plus puissant, « et parmi plusieurs nations, celle qui produit « le plus avec le moins de travail est la plus « puissante et la plus heureuse. » Je ne crois pas nécessaire de pousser plus loin les citations que je pourrais faire.

La centralisation, qui est sans doute favorable

à l'administration générale du pays , n'est pas
aussi propice à l'industrie des localités. Ainsi ,
Paris possède une société d'Encouragement des
arts et des manufactures , composée d'hommes
distingués par leurs profondes connaissances.
Cette société décerne des prix publics pour des
mémoires et les nouvelles inventions ; mais elle
n'a point d'influence directe , et son éloignement
et la multitude des industries dont elle doit s'occuper , paralysent les services qu'on pourrait en
attendre. Il en est de même du Conservatoire
des Arts et Métiers , qui rassemble toutes les
machines usitées et proposées dans les arts , et
dont le nom, inconnu à presque tous les ouvriers,
est peut-être ignoré de beaucoup de fabricants ,
qui , dans tous les cas , ne peuvent pas profiter
de la faveur qu'il présente aux industriels pari-
siens. Quant aux chambres consultatives de Commerce des provinces , qui devraient tenir lieu
de ces deux institutions , je ne sache pas que
jusqu'à présent, elles aient fait un très grand bien.
Depuis long-temps , d'ailleurs , le pouvoir s'est
mis pour la nomination de leurs membres à la
place de la vivifiante élection , qui seule aurait
pu étendre la sphère de leur action d'utilité.
Il serait à désirer , outre les soins généraux qui

pour notre bien-être dépendent du ministre de
l'intérieur, que ce haut fonctionnaire créât un
conseil de perfectionnement de l'industrie lyonnaise. Ce conseil composé de vingt fabricants,
de dix commissionnaires et de dix chefs d'atelier,
nommés pour trois ans et par leurs pairs, s'as-
semblerait tous les trois mois sous la prési-
dence du préfet du Rhône. Il recevrait du ministère et rendrait publics les inventions et les
perfectionnements qui auraient eu lieu dans les
manufactures françaises et étrangères. Il publie-
rait des rapports où les avantages qu'on pourrait
tirer de ces découvertes et de ces modifications,
seraient clairement expliqués, de même que les
moyens à employer pour les introduire avec succès. A la fin de chaque année, il se formerait
en juri pour prononcer sur le mérite des produits admis à l'exposition départementale, et re-
mettrait à son président une liste des fabricants
et des ouvriers à recommander à la munificence
royale.

Une École spéciale de Commerce devrait être
fondée sous ses auspices et par ses soins, non
pas une école semblable à ces établissements
bâtards et imparfaits qu'on a créés partout depuis notre révolution de 1830, et qui sont

comme une transaction timide entre les besoins
de l'époque et la rouille traditionelle des études
universitaires, mais une véritable école prépa-
ratoire à l'application des sciences commerciales.
Elle serait ouverte aux jeunes hommes qui vou-
draient se consacrer tout entiers à l'industrie,
et se présenter dans la carrière avec tous les
avantages que donne une instruction fondée sur
de saines théories et sur une pratique éclairée.

La mécanique, la géographie, l'économie politique et industrielle, et la chimie appliquée aux
arts devraient être, avec la législation commerciale française et étrangère, l'étude des langues
vivantes, le dessin et l'examen approfondi de
tout ce qui est relatif à l'industrie lyonnaise,
depuis la culture du mûrier jusqu'à la fabrication des plus riches et des plus élégants tissus, la
base des connaissances communiquées par d'habiles professeurs. Au bout de deux ans les élèves
devraient être publiquement examinés par une
commission prise dans les membres du conseil.
Les plus distingués d'entre eux, mais seulement
jusqu'au nombre de dix, recevraient des brevets
d'honneur; les autres trouveraient facilement,
avec un diplome d'examen, des capitaux à faire
mouvoir, ou bien ils se placeraient d'une ma-

nière profitable à leurs intérêts , dans les comptoirs particuliers. Ceux qui seraient brévetés et
qui auraient réellement acquis des connaissances
étendues dans le commerce , les arts mécaniques et les procédés de la fabrication, seraient
présentés comme candidats au ministre, qui en
choisirait six parmi eux ; ils seraient entretenus aux frais de l'état en Allemagne , en
Angleterre , en Suisse , pour étudier le sys-
tême manufacturier de ces contrées, les moyens
de leurs progrès , et les inventions dont ils
profitent ; ils seraient recommandés, dans l'intérêt de leurs investigations , à tous nos am-
bassadeurs et à tous nos consuls. Outre leur cor-
respondance avec le ministère , ils seraient as-
treints à fournir un rapport trimestriel au
conseil de perfectionnement , qui le déposerait
dans ses archives. L'utilité de ces agents serait
vite appréciée : on saurait bientôt quels avantages l'industrie d'un pays peut recueillir d'une
simple modification dans la main-d'œuvre , de
l'emploi d'une machine et même de l'imitation
d'un produit étranger. C'est l'emploi de semblables mesures qui a facilité l'agrandissement com-
mercial de la Grande-Bretagne ; car , en exa-
minant les causes de la prospérité merveilleuse

de cette contrée, on les trouvera dans la décou‑
verte de nouvelles forces mécaniques, le per‑
fectionnement des arts et métiers, l'application
des théories scientifiques à la production. Il est
bon, pour nous procurer des succès semblables,
d'ouvrir à notre jeunesse une nouvelle carrière
qui lui fera sentir la nécessité d'acquérir une
haute éducation industrielle, dont elle pourra
appliquer les principes si féconds en heureuses
conséquences. Le sacrifice d'une somme peu con‑
sidérable prise sur les fonds départementaux,
ou bien obtenue du zèle de quelques généreux
citoyens, suffirait pour établir cette école polytech‑
nique du commerce, qui pourrait à son tour être
appelée à de grandes destinées. Ce conseil de
perfectionnement, ainsi constitué et ayant une
action prochaine et continue, rendrait d'éminents
services à nos manufactures, surtout si une so‑
ciété libre d'Encouragement de l'Industrie lyon‑
naise, indépendante de l'autorité, s'élevait si‑
multanément. La mission de cette société serait
spécialement de répandre l'éducation technique
et gratuite parmi les ouvriers, de propager les
connaissances industrielles, d'accroître la pra‑
tique de leurs opérations, d'améliorer leurs pro‑
duits, d'en augmenter le nombre, d'en diminuer

le prix. Tout souscripteur à l'enseignement des ouvriers, tout actionnaire du journal populaire, seraient de droit membres de la société, qui renfermerait sans doute toutes les notabilités de fortune, de talent et de patriotisme, en même temps qu'une annuité peu considérable n'excluerait personne du glorieux privilége de faire le bien. C'est dans son sein que seraient pris les inspecteurs des écoles mutuelles d'hommes, qui rendraient compte chaque mois de la marche suivie par les professeurs, et feraient un rapport sur les progrès généraux des élèves, suivi de la liste de ceux qui se seraient rendus dignes d'une attention spéciale. Ils seraient nécessairement membres de la commission chargée de décerner dans la douzième et dernière séance de l'année, les encouragements votés par la société. Une seconde commission serait chargée de maintenir le journal dans son utile direction; elle veillerait à ce qu'il s'occupât constamment des améliorations morales et matérielles à apporter au sort de la classe productive.; elle exigerait que les vicissitudes de la fabrique y fussent fidèlement reproduites, ses intérêts chaudement soutenus, ses succès hautement proclamés, et que le prix moyen de la façon de chaque article

important de nos soiries y fût côté d'après les
renseignements donnés par le bureau du conseil de Perfectionnement de l'industrie , qui y
joindrait des documents explicatifs de la varia-
tion de la valeur de la main-d'œuvre (1).

(1) Plusieurs journaux sont nés de la crise dont nous
venons de sortir ; quels que soient le talent et le zèle
de leurs rédacteurs, je ne pense pas qu'ils atteignent le
but que j'ai indiqué. La politique , avec son langage
brûlant , ses intérêts et ses passions âcres, doit être
bannie, au moins momentanément, d'une feuille qui
a pour mission particulière la régénération d'une classe
d'hommes qui a plus besoin d'apprendre et de penser
que de sentir et de discuter. D'ailleurs ils manquent à
leur première condition d'utilité, celle d'être gratuits
pour les masses, de qui on ne peut raisonnablement attendre des abonnements. Le journal que je propose ne
doit pas être une spéculation financière : c'est aux négociants , aux propriétaires , à tous les hommes qui
veulent sincèrement la prospérité de Lyon, à en faire
les frais, et à lui donner la plus grande publicité. La
presse, ce quatrième pouvoir, qui soulève à son gré
le formidable levier de l'opinion publique, est comme
la lance de Télèphe, elle seule peut guérir les blessures
qu'elle a faites. Si on laisse cette arme puissante entre
des mains imprudentes ou coupables , on sera surpris
des funestes conséquences rapidement amenées par la
plus vitale, et peut-être par la plus précieuse de nos
libertés.

Dix membres choisis par élection dans les cent
souscripteurs qui auraient versé les plus fortes
sommes, seraient chargés de l'administration
d'une caisse d'épargnes et d'une caisse de secours
et de prêts mutuels, où les économies journalières,
hebdomadaires et mensuelles de chaque ouvrier,
seraient recueillies et administrées gratuitement,
en jouissant des avantages de l'intérêt composé.
Les fonds de la caisse de secours seraient, après
une première mise, entretenus avec une portion
déterminée de l'intérêt du capital placé dans la
caisse d'épargnes. Si, comme je me plais à le
croire, on sentait la nécessité de ces deux établissements, on verrait bientôt la misère hideuse
s'éloigner pour faire place à l'aisance, les usu-
riers légaux du Mont-de-Piété ne dépouilleraient
plus de victimes, le bonheur ferait ce qu'une
mercuriale ne peut qu'imparfaitement atteindre :
il réglerait des rapport plus égaux entre les ouvriers et les fabricants ; quelques-uns de ces
derniers, la honte de la fabrique, qui les désa-
voue, ne pourraient plus spéculer sur les tirail-
lements d'estomac de l'homme laborieux, mais
pauvre ; ils n'aviliraient plus à leur gré un salaire déja devenu trop faible par les circonstances
que j'ai déduites ; ils ne parviendraient plus à

l'exaspérer en le trompant sur sa véritable position, parce qu'alors l'ouvrier pourrait attendre le travail, et que la publicité donnée aux
prix des façons ferait seule justice du petit
nombre de ceux qui oublient que leur fortune
est le fruit des sueurs de leurs semblables;
les chefs d'atelier, éclairés à leur tour par leurs
représentants dans le conseil de Perfectionnement et la société libre de l'Industrie lyonnaise,
n'adopteraient plus aveuglément des préventions
souvent injustes et presque toujours poussées
jusqu'à l'exagération. Ce serait un grand pas de
fait vers une entière réconciliation et de plus
justes idées ; car c'est en vain qu'on a tâché de
fausser une importante vérité, le bien-être de
l'ouvrier et la prospérité du négociant, sont in-
timement liés et ne peuvent être séparés. Ce
n'est point de nos jours que la commande ne vou-
dra plus d'intermédiaire entre elle et le métier. Je
souhaite sincèrement que, dans un temps prochain, l'éducation nivelle assez les rangs pour
que les capitaux qui réclament des garanties
d'ordre, de paix, d'intelligence et d'instruction,
puissent être confiés avec sécurité et profit à tous
les hommes qui peuplent les ateliers ; mais je n'ai
pas besoin de dissimuler que la masse laborieuse

n'est pas encore arrivée au point de perfection
sociale qui fera regarder les fabricants comme
une superfétation du commerce lyonnais.

Il faut encore, quand de saines notions au-
ront germé dans la classe intéressante et nombreuse dont l'avenir nous occupe, lorsque ses
plaies seront cicatrisées, et ses malheurs, le
souvenir d'un songe pénible, qu'elle abolisse le
compagnonage. J'admets que le maître perçoive
sur le travail de chaque compagnon, une prime
qui représente le chauffage, le loyer, l'entretien, les frais, les avances et les intérêts du
capital employé pour chaque métier; mais la
retenue immuable de cinquante pour cent du
salaire de l'ouvrier, quels que soient d'ailleurs les
pertes ou les bénéfices de la fabrique, est une
erreur en économie qu'il faut se hâter de détruire.
Évitons de compliquer les rouages d'une machine
déja trop composée. Cette utile suppression
aura pour effet de favoriser l'introduction des
forces mécaniques, et de faire cesser l'accumula-
tion sur un seul point d'une force productive
humaine qui dépasse depuis long-temps les de-
mandes du commerce.

Toutes ces mesures, promptement adoptées
et coordonnées entre elles, peuvent seules nous

faire échapper aux désastres immenses qui nous
menacent. Que les ouvriers surtout se gardent
des suggestions intéressées d'un parti qui veille
encore au dedans, et qu'ils tremblent de deve-
nir, malgré leur patriotisme, les alliés de l'étranger, qui, malgré ses protestations, nous menace
au dehors (1). Donnons tous le démenti le plus
authentique, le plus formel, le plus éclatant au
mot célèbre attribué à un prince du nord, en
parlant de notre beau pays : « Nous n'y pénétre-

(1) Si j'avais besoin d'insister auprès de mes concitoyens pour leur prouver combien, dans l'état actuel
des choses, il leur importe de se réunir au tout com-
pact que doit former la France, je leur montrerais tout
ce que les circonstances présentes ont d'inquiétant et
de sombre. Malgré les assurances diplomatiques et les
espérances ministérielles, le désarmement de l'Europe
n'a été qu'une fiction; la conférence de Londres, loin
de rien terminer, n'a fait que suspendre le cours d'immenses événements. Nous en sommes au même point
qu'en 1850 avec l'Autriche et la Prusse, nous sommes plus voisins que jamais d'une rupture éclatante
avec la Russie, et nous n'avons plus d'Italiens ou de
Polonais à secourir. Cependant la France, unie, peut
encore imposer la paix à l'Europe, et, s'il le faut, con-
duire à bien une guerre qui fera le destin du monde
pour un long cours de siècles. Formons donc un faisceau
que l'Europe conjurée ne pourra jamais rompre.

« rons que lorsque les Français se dévoreront entre
« eux. » Déja l'Europe, qui redoute les miracles
de notre industrie, autant qu'elle craint les prodiges de notre valeur, la vieille Europe a tres-
sailli dé joie au récit de nos calamités. Quelques
jours de désordre de plus, et elle se préparait
peut-être à faire passer sur notre civilisation la
herse de la barbarie. Oublions donc nos que-
relles, déposons nos ressentiments sur l'autel
de la patrie, rallions-nous autour du trône de
juillet pour défendre les larges institutions qui
doivent en descendre. Que l'autorité gouverne-
mentale et celle de la cité, que les fabricants,
les ouvriers, que tous les citoyens fassent en-
suite leur devoir, et notre industrie peut encore espérer de beaux jours ; car il n'y a point
de limites réelles à l'extension et à la prospérité
de notre commerce : il n'a que des entraves à
rompre ; ces entraves sont le résultat de la lenteur des progrès de la civilisation, de la concurrence, de l'état de malaise où notre révolution a plongé l'Europe, des oscillations qui
l'ont suivie, de l'incertitude où nous sommes
de l'avenir. Je me suis efforcé de démontrer
ce qu'il fallait faire pour les briser ; le plan au-
quel je me suis astreint m'a imposé l'obligation

d'indiquer les questions plutôt que de les traiter.
Je désire que le patriotisme qui m'a conduit
dans la lice, y fasse descendre des écrivains plus
spéciaux et plus habiles, qui approfondiront
le sujet que j'ai pu seulement effleurer.

La division du travail, qui concourt si puis-
samment à la perfection et à la multiplication
des produits de toutes les fabriques, ne paraît
pas non plus être assez généralement appliquée aux nombreux détails de nos manufactures. Ce retard de l'industrie de notre ville
tient à diverses causes, mais surtout à la puissance de l'habitude et de l'imitation. Lorsqu'en
1804, Lyon, obéissant à l'impulsion du plus
grand administrateur des temps modernes, com-
mençait à sortir des ruines qu'avait amoncelées
l'anarchie, le petit nombre des fabricants qui
avaient échappé à la tourmente révolutionnaire
reprirent les errements de ceux qui les avaient
précédés; mais en usant des avantages que ceux-
ci avaient acquis, ils adoptèrent aussi toutes
leurs erreurs. Tout continua comme si 1805
eût suivi 1788 : le compagnonage reparut, les métiers furent encore épars, et la divison du travail
demeura incomplète; depuis cette époque une
seule grande tentative d'amélioration a eu lieu

à **La Sauvagère**, et n'a point eu d'imitateurs. Il
est urgent que les négociants lyonnais examinent
si le mode actuel de fabrication, qui s'oppose
dans beaucoup de cas à l'application bien en-
tendue de la division du travail, n'est pas nuisible aux intérêts généraux du commerce d'étoffes
de soie, et s'il ne vaudrait pas mieux qu'ils réu-
nissent leurs capitaux et leurs lumières pour
former un nombre suffisant de grands établissements où tous les procédés employés pour la
confection des soiries seraient confiés à des mains
habiles exercées sans relâche à la même opéra-
tion (1). Je hasarde cette opinion avec quelque

(1) La division du travail, trop négligée dans beau-
coups d'arts, donnerait à leurs produits une grande
perfection, abaisserait considérablement leur valeur et
en multiplierait indéfiniment l'usage. On a calculé qu'un
ouvrier habile, chargé de toutes les opérations que nécessite la confection d'une épingle, n'en fabriquerait
pas cent par jour et ne gagnerait pas quatre centimes,
tandis que douze ouvriers, auxquels on a partagé toutes
les opérations, en fournissent assez au commerce pour
que leur salaire s'élève de deux francs vingt-cinq centimes à deux francs cinquante-cinq centimes. Dans nos
manufactures d'armes, et particulièrement à Saint-
Étienne, on est parvenu à livrer à l'acheteur, pour
vingt-sept francs, un fusil de munition, qui a exigé le

défiance, et je sais d'avance qu'elle trouvera beaucoup de contradicteurs; car il est difficile d'arracher tout d'un coup à ses coutumes une classe tout entière, et de substituer un nouvel ordre de choses à une marche suivie depuis des siècles. Je ferai néanmoins observer à tous les intéressés, que ces vastes entreprises feraient disparaître le compagnonage, généraliseraient l'emploi des machines, et exerceraient sur le placement de nos marchandises une influence remarquable obtenue par l'économie de la production et le fini de la main-d'œuvre.

De nos jours, l'homme livré à sa puissance individuelle ne peut plus obtenir que de bien faibles résultats; force lui est de recourir à l'association, qui centuple les efforts particuliers et leur imprime une énergique et durable direction. Dans les sociétés modernes, telles que le passé nous les a léguées, le pouvoir ne peut qu'imparfaitement et accidentellement s'occuper des besoins d'une branche de commerce. Il faut

concours de plus de cent quarante ouvriers. La clouterie, la fabrication de toutes les étoffes, font naître le même étonnement; mais pour que la division du travail soit essentiellement profitable, elle doit s'appliquer en grand et sur un seul point.

que les citoyens remplacent l'action tutélaire qu'avaient le gouvernement et le chef de l'état dans les républiques anciennes ou dans l'empire Romain. Je ne doute pas que la diffusion des connaissances industrielles ne fasse bientôt sentir aux commerçants, malgré l'opposition de quelques intérêts personnels, toute l'utilité de ce dernier moyen de succès que je propose à leurs réflexions (1).

(1) Peut-on douter du progrès que l'esprit d'association a fait faire à toutes les industries, quand on a sous les yeux toutes les merveilles qu'il a enfantées et qui surpassent en beaucoup de points les travaux grandioses que les empereurs faisaient exécuter à des milliers d'esclaves ou à de nombreuses armées ?

Sans aucun doute, les ponts suspendus, les vaisseaux à vapeur, les chemins de fer, et les canaux d'Europe et d'Amérique, le tunel de Londres et les routes à la Mac-Adam surpassent en utilité et le colosse de Rhodes et la muraille d'Adrien, et même les ponts solides des Romains et leurs belles voies militaires.

www.ingramcontent.com/pod-product-compliance
Lightning Source LLC
Chambersburg PA
CBHW060822180626
46818CB00002B/917